学校学不到的能力养成课

什么，你说学习很有趣？

[韩]朴贤姬/著　　[韩]朴柾垠/绘　　高文丽/译

中信出版集团│北京

어린이행복수업-뭐? 공부가재미있다고?
What? Do You Think Study is Fun? (Studying)
Text © Park Hyun-hee (朴賢姬), 2013
Illustration © Park Jung-eun (朴柾垠), 2013
All rights reserved.
This Simplified Chinese Edition was published by CITIC PRESS CORPORATION in 2022, by arrangement with Woongjin Think Big Co., Ltd. through Rightol Media Limited.
(本书中文简体版权经由锐拓传媒旗下小锐取得Email:copyright@rightol.com)
Simplified Chinese translation copyright © 2023 by CITIC Press Corporation
ALL RIGHTS RESERVED
本书仅限中国大陆地区发行销售

目 录

第一章 要是能随心所欲地玩游戏就好了

- **身边的故事** 贤民偷偷玩游戏被发现了 2
- 擅长玩游戏的孩子的共同点 4
- 喜欢玩游戏却不喜欢学习？6
- 世界上也有喜欢学习的人 8
- 想要从事自己喜欢的工作？10
- **快乐听故事** 故事成就游戏 11

第二章 是谁发明了考试？

- **身边的故事** 哎呀，我讨厌学习！14
- 因为不能参加考试而离家出走的少年 16
- 以前的考试——科举制 18
- 考试成绩好就是学习好吗？20
- 不是任何事情都能用考试成绩来判断 22
- **快乐听故事** 爱因斯坦曾经是学渣？23

第三章 是因为脑袋太笨了所以学不会吗?

- **身边的故事** 怎么办?考试考砸了! 26
- 脑袋太笨所以记不住吗? 28 • 好奇心的力量 30
- 要想学习好,就必须要做很多习题吗? 32
- 睡眠充足才能成绩优秀 34
- **快乐听故事** 天才画家毕加索,其实是刻苦的天才 35

第四章 学习真是太棒了!

- **身边的故事** 因为体验式学习而备感崩溃的妍雨 38
- 学习让人看得更通透 40 • 学习让人生更有趣 42
- 学习让人更勇敢 45 • 学习让人更美丽 46
- **快乐听故事** 学习让人更加懂得世间的道理 47

第五章 学习的力量真大

- **身边的故事** 我想赚很多很多的钱 50
- 通过学习梦想成真 52 ●通过学习改变命运 54
- 通过学习摆脱贫困 56
- 不是只有学习才有那么大的力量 58
- **快乐听故事** 把不可能变成可能的库勒苏姆·阿卜杜拉 59

第六章 学习的方法有很多

- **身边的故事** 边玩边学的方法 62
- 在大自然中学习 64 ●在路上学习 66
- 学习各种各样的知识 68 ●享受学习 70
- **快乐听故事** 三人行必有我师 71

第七章 打开精彩人生之门的钥匙——学习

- **身边的故事** 我长大了想做厨师 74
- 烹饪界的明星主厨——杰米·奥利弗 76
- 搬来水与希望的发明家——汉斯·亨德里克斯 78
- 治愈韩国的医生——公炳禹 80
- 让学习成为幸福生活的源泉吧！82
- **快乐听故事** 你希望别人如何铭记你的名字？83

第一章

要是能随心所欲地玩游戏就好了

每个人都希望拥有优异的学习成绩,
但为什么我们却都讨厌学习呢?
学习成绩优秀和讨厌学习,
这两者能否并存呢?
有没有什么办法能让我们既可以自由自在地尽情玩游戏,
又能开开心心地生活下去呢?

身边的故事 **贤民偷偷玩游戏被发现了**

只要再玩一小会儿，一小会儿就可以了，贤民心里默默地想。就在这时，他听到了一阵声响，这让他的心一下子沉了下去。

这是开门的声音，要是平时，他根本不会注意这种声音，但此时此刻，这声音却宛如惊雷那般震耳欲聋。是妈妈回来了！贤民赶紧关掉电脑，咚咚咚地跑到了门口。

"咦，妈妈，你怎么这么早就回来了？"妈妈一般七点钟才到家，今天下班真的很早，这会儿还不到六点呢！

"今天下午我出外勤，完成任务就直接回来了，因为出外勤的地方离家很近。"妈妈一边脱鞋一边跟他解释道，"你饿了吧？妈妈今天下班早，给你做点儿好吃的。"

可是贤民根本没听清妈妈讲的话，他的心扑通扑通跳得厉害，小肚子也好像隐隐约约地疼了起来。

"贤民，你的脸怎么那么红？发生什么事了？"妈妈话说到一半，突然停了下来，仔细地端详着他的脸，似乎在思索着什么……接着，她突然厉声喝道："贤民，你是不是又在玩游戏？"

"没有，我没有玩！"贤民一边紧张地摆手、摇头，一边慌张地解释道。

妈妈认真地看着他的脸，然后伸手摸了一下电脑。电脑当然还是烫的，因为他一直在玩游戏，刚刚才把电脑关掉。"贤民，我们不是说好不再这样了吗？你到底是怎么回事？你学习的时候要是有玩游戏的一半劲头就好了！"

妈妈的表情似乎非常失望，贤民的心情也一下子暗淡了下去。原本他已经跟妈妈约好，只在周末玩游戏，现在他却违背了这个承诺，虽然这并非他的本意。而且，他也并不想跟妈妈撒谎的，事情怎么就变成现在这个样子了呢？妈妈，玩游戏多有意思啊，学习多没劲儿啊。难道只靠玩游戏就没有办法活下去吗？为什么一定要学习呢？

擅长玩游戏的孩子的共同点

世界上有意思的事情真是太多了,电脑游戏就是其中之一。人们热衷于电脑游戏的原因有很多,其中一个非常重要的原因便是"不需要怎么努力便能享受到游戏的乐趣"。

"什么?不需要怎么努力?你说这种话可真是外行!要想玩好游戏,可是要付出许许多多的时间与努力的,看来你是真的不懂!"我想大概会有许多人想这样向我大声抗议,但是,请你先听一听我的想法,怎么样?

电脑随时都可以陪我们玩耍,不管白天黑夜,不管阴晴雨雪,只要按下电脑的启动键,它就会一直陪伴我们,我们不必为了想和电脑玩而去迎合它的想法,也不需要为了和它处好关系而做出任何让步。

游戏刚开始总是很简单,你只需要盯着电脑屏幕,跟着感觉,按照提示步骤一步一步地操作下去,就会不知不觉地沉迷其中了。而且最重要的一点,游戏真的太有趣了!

只要你肯努力,你的技能也会噌噌地上涨,得分和等级都会不断提高。所以从某些方面来说,很多人会沉迷其中、难以自拔也是顺理成章的。

但这并非全部的真相。仔细观察那些痴迷游戏的人,你会发现他们身上都有一些共同点。

第一,他们会非常努力,尽管并没有人要求他们这么做。甚至当爸爸妈妈不让他们玩游戏的时候,他们也会想方设法地去玩。

第二,为了玩好游戏,他们会主动去研究、搜集信息,也会主动咨询朋友或从网络上检索,做出各种尝试。

第三,他们会不停地玩游戏,直到他们的水平已经非常高,即便他们的等级已经很高了,仍然不会满足,而是会继续努力,希望能更上一层楼。

看到这些共同点,你有没有什么感触呢?是的,不管是什么事情,如果能以玩游戏的劲头去做,就都能做好。

喜欢 玩游戏却 不喜欢学习？

不用别人说自己就会积极努力、主动研究、不断探索，这便是做好一件事情的秘诀，做任何事情都是如此，学习当然也不例外吧？当然了，只要你肯这么做，也能把学习这件事做好。现在你明白了吗？只要像玩游戏那样学习就可以了。

哈哈，抱歉，我仿佛听见了从四面八方传来的抗议声，其实我只是在开玩笑啦！我知道，在玩游戏的时候，把这三点付诸实践似乎轻而易举，甚至可以说乐此不疲，但学习的时候却完全不是那么一回事。

那么，为什么玩游戏的时候很容易就能做到积极努力、主动研究、不断探索，学习的时候却做不到呢？这两者之间最大的区别在于"渴望"。在玩游戏的时候，我们的心里会充满渴望：渴望提高自己的游戏水平，渴望提高游戏等级，渴望得到更高的分数，但在学习的时候却并不这样。

什么，并非如此吗？在你的内心里，明明也有好好学习的渴望，却不能像玩游戏时那样被激发出来吗？所谓"渴望"，是指内心深处迫切地想要某种东西，这种东西是非常具体的，并且会让你心潮澎湃。当我们渴望提高游戏水平时，我们的想法是非常具体的，比如，想要越过某个障碍，想要某种装备，想要提高到某一个等级等，而不是非常抽象的只是想玩得更好。

那么，你在学习的时候，是否也非常渴望把学习搞好，并且目标非常具体呢？有没有哪一道数学题，让你日思夜想、辗转难眠地想要把它解开？还是说，你只是在心中茫然地期待考试成绩能有所提高？

世界上也有喜欢学习的人

当一个人对学习怀有热烈、具体的渴望时，不用别人催促，他自己就会刻苦学习。但我们都很清楚，自觉刻苦学习的人和主动玩游戏的人相比，数量少太多了，根本没法比。那么为什么会这样呢？我仿佛听见有无数个声音在冲我呐喊：因为游戏很有意思，而学习非常枯燥！

那么这种说法对吗？对于有些人来说可能是正确的，但对于另外一些人来说则是错误的。如果你沉迷于电脑游戏之中不能自拔，你会理所当然地认为别人肯定也觉得电脑游戏有意思，但只要我们仔细观察，就会发现实际上并非如此。对于热衷于足球的人来说，足球实在太有趣，而电脑游戏则不过尔尔。对于热衷于漫画的人来说，他们整日沉浸在漫画之中，根本无暇顾及电脑游戏。还有一些人根本就不玩电脑游戏，因为他们无法从电脑游戏里获得乐趣。认真思考一下我们就会明白，世界上有趣的事情太多了，这种现象也是理所当然的。

发现万有引力的牛顿有一件闻名遐迩的趣闻。有一次,他烧水煮鸡蛋的时候,仍在沉思自己正在研究的问题。水开时,他就顺手把"鸡蛋"放到沸水里。这时女佣进来了,她往锅里看了一眼,然后用吃惊的声音喊道:"先生,您怎么把怀表给煮了!"

这世界上的确有一种人,他们特别喜欢学习,对于别的任何事情,他们连想一想都觉得麻烦。

贝多芬搬家

有一次,贝多芬坐在装满行李的马车上搬家。突然他的脑海里灵光一现,浮现出一首新的乐曲。他便立即跳下马车,开始写乐谱。直到凌晨时分他才向家里走去,回到家才发现,他回的是原来的家。原来,他一直沉浸于作曲,把正在搬家这件事情忘得一干二净。

想要从事自己喜欢的工作？

那么，我们能不能把自己喜欢的事情当作谋生的手段呢？像牛顿那样喜欢学习的人就靠着学习生活，而像贤民那样喜欢游戏的人就靠着游戏生活？能把自己喜欢的事情当作谋生的手段确实是一件幸福的事情，但这并不像我们想象的那么简单。

比如，有一位同学特别喜欢漫画，他也读过特别多的漫画书。那么，他能否凭借自己喜欢的漫画生活下去呢？我们设想一下，与漫画有关的职业有漫画家、漫画评论家或是租借、出售漫画的书店老板，那么这其中哪一种职业是只要多看漫画就能胜任的呢？

要成为一名漫画家，当然要阅览很多的漫画，这可以为做漫画家提供坚实的基础，但仅有这一点是远远不够的。因为一个人就算看过再多的漫画，也不能自动产生构思故事、绘画、写台词的能力。

同样，并不是玩过很多电脑游戏就会自动变成游戏程序开发员或是电脑专家。一个特别喜欢看足球比赛的人也不会自动成为足球运动员、足球教练或足球比赛讲解员……

要想把自己喜欢的事情变成谋生的手段，我们还需要"其他方面"的努力。这"其他方面"里就包含着学习。

故事成就游戏！

在游戏中挑选自己喜欢的角色，并根据角色的设定来玩的游戏就叫作角色扮演游戏。《星际争霸》《天堂》等都是比较有代表性的角色扮演游戏。较早的角色扮演游戏是《网络创世纪》，据说这个游戏是从托尔金的小说《指环王》中得到灵感开发出来的。托尔金以北欧神秘莫测、妙趣横生的神话为基础创作了小说《指环王》，这本小说获得了众多读者的疯狂追捧，其中既有电影导演也有游戏开发商。于是，电影导演便把小说拍成了电影《指环王》，游戏开发商则开发出了《网络创世纪》这款游戏。

现如今科学技术的发展日新月异。而人们利用这些技术的能力也在不断提高，拥有高超的电脑操作技术的人不计其数。其中有的人工作非常单调、枯燥，而有的人则取得了巨大的成功，这二者之间的区别便在于是否善于讲故事。

有的人拥有一种巨大的力量，那便是：他们能够创作出动人心弦、富有魅力的趣味故事，而这正是成功的秘诀所在。但这种有趣的故事并非凭空产生，只有读过不计其数的故事，在脑海里不断积累，这些素材才会重新组合创造，衍生出一个个新的、精彩的故事。

 第二章

是谁发明了考试？

有没有同学喜欢考试呢？请举手示意一下。

大概十之八九的同学都讨厌考试吧？

那么，究竟是谁发明了考试呢？

是不是哪个蛇蝎心肠的人为了

折磨小孩子

而想出的坏主意呢？

身边的故事 哎呀，我讨厌学习！

拜托！学一会儿习吧！

"智慧，还剩两天就考试了，你怎么一点儿都不知道学习，还在做无关的事情？"妈妈下班刚回到家，就对正在看电视的智慧絮叨。智慧心想，我本来想看完这个节目就去学习的，可妈妈根本就不理解我，真是太扫兴了。于是她老大不情愿地回到房间坐到书桌前，开始做数学题。做了大概两道题，她突然想起了秀妍，她们约好等考试结束要一起出去玩。

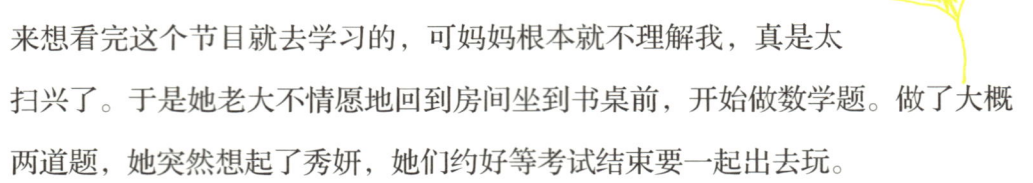

智慧心想："考完试以后干点儿什么好呢？要不去乐天世界？是不是太贵了？要不就在家附近买点儿炒年糕吃，然后邀请她到我家来玩吧！不知道真珠考完试要做什么，要不然叫上她一起来玩吧！是不是得先问一下秀妍呢？"

她的脑海里各种各样的想法源源不断地冒出来。想到秀妍，就又想到上次从秀妍那里借来的漫画书。"那本书我放在哪里了？明天该还给她了。"智慧在房间里翻箱倒柜，终于在一个不常用的书包里发现了那本漫画书，应该是上次去辅导班的时候随意塞到里面然后就再没有动过。

智慧随手翻开漫画，这一页的故事恰好特别有趣，于是一页，两页……不知不觉她已经彻底被漫画书迷住了。

"智慧,你到底打算怎么样?这个节骨眼儿上你还在看漫画,那怎么能行?"妈妈的怒吼声从身后传来。智慧吓了一跳,慌慌张张地合上了漫画书。

"不是让你学习吗?求求你打起精神来好不好?让你愁死了!你怎么不看看你的同学真珠?人家自己就知道主动学习,你再看看你自己!"

偷看漫画书被妈妈发现,智慧心里本来是有些愧疚的,但是听到妈妈拿真珠与自己比较,心情一下子就跌入了低谷。

"妈妈你怎么整天就知道让我学习?我讨厌学习!就是讨厌学习!到底是谁发明了考试这种东西用它来折磨我啊?"

因为不能参加考试而离家出走的少年

学习这件事，平时就不怎么讨人喜欢，到了考试期间，就更加令人讨厌。一想到学习，就感觉肚子也疼、头也疼，不是装病，很多同学是真的不舒服。因为人的身体和心灵是相通的，所以当厌恶学习的心理到了一定程度，身体真的会不舒服起来。可是，你相信吗？有一位少年却因为自己不能参加考试而绝望地离家出走了。

这个少年天资聪颖、才华横溢，他的父亲是当时社会里的贵族，而母亲原本只是父亲家的下人，少年的身份低微，按照当时的风俗他不可以称呼他的父亲为"父亲"，也不可以称呼他的兄长为"兄长"。不管学习多么用功，他都没有资格参加科举考试。只有参加科举，并科举及第才有机会出仕做官，然而他连参加考试的机会都没有，不管他天资如何聪颖，都没有任何用处。

所以少年便离家出走了，他聚集了一帮志同道合之士干起了偷盗的营生。当然，他们从事的偷盗并非普普通通的盗窃，他们劫富济贫，是一群义贼。

你知道离家出走的这个少年是谁了吗？他的名字叫作洪吉童，是一部长篇小说里的主人公。虽然他是虚构出来的人物，但是因为无法参加考试而备感绝望的确实大有人在。李氏朝鲜时，很多人不管怎么聪明、富有才华，都没有参加科举考试的资格。

直到很久很久以后，每个人才拥有公平地参加考试的机会，因为只有当"人人生而平等"普及之后，这件事情才可能会发生。

当你不想学习的时候，请你在心里默默地回想一下那些连考试都没有机会参加的人的遗憾吧！

朝鲜最早的国文小说

《洪吉童传》是朝鲜最早的一部国文小说,作者是朝鲜光海君时代的许筠。故事的主人翁洪吉童是一位庶子,从小在家里受尽歧视,后来他离家出走,结成了一个叫作"活贫党"的组织。"活贫党"的宗旨是"拯救贫穷的人",专门劫掠官府衙门,最后他还建立了一个名叫"硉岛国"的国家。

以前的考试——科举制

那么究竟是谁发明出了考试这种东西，把我们折磨得如此痛苦呢？

考试的种类五花八门，但要说起以前的考试，最著名的当然是科举制度。科举制度起源于中国，高丽时传入朝鲜，当时是朝廷选拔官吏的最具代表性的考试制度。读书人只有在科举合格之后才能出仕做官，所以有很多人都在拼命地为参加科举考试做准备。等到科举及第那天，便是光宗耀祖之日了。

那么，在通过科举选拔人才的制度出现以前，朝廷是如何选拔人才的呢？主要有两种情况，即"举荐"与"买官"。举荐是指在熟人推荐下获得官职，买官则是指花钱购买官职。

要想通过熟人举荐做官，那么"熟人"必须身居高位。因此，我们很容易就能推测出来，能与高官熟识并获得举荐的人并不多，而能够买官的人必定身家不菲，这也不是一件容易的事。所以对于大部分人来说，当官是一件连做梦都不敢想的事情。

与举荐制、买官制相比，通过考试选拔人才的制度实在公平多了，因为只要刻苦学习、好好考试，就能把握住机会。在通过考试选拔人才的制度确立以后，即便是贵族、财阀子弟也都需要通过考试才能堂堂正正地做官。

所以不管是谁，想要做官就必须学习。即便后来有很多人会通过不正当的手段在考试中舞弊,科举制一度乌烟瘴气,但它的优点也是不容抹杀的。

所以说,考试制度并不是哪个坏蛋发明出来故意折磨我们、叫我们吃苦头的。这种制度是人们费尽心思才研究出来的,目的是让世界更公平,让真正有才华的人承担更重要的工作。

考试成绩好就是学习好吗?

只要我们能透彻理解学过的内容,并且多做练习,就能在考试中取得比较好的成绩。考试成绩好就意味着对考试的内容非常熟悉,所以"考试成绩好就代表学习好"这种认识似乎是没有什么问题的。

但其实"考试成绩好就代表学习好"这句话只说对了一半。仅凭学习成绩,并不能完全了解一个人的学习程度。也有的人可能考试成绩很好,但其实学习并不怎么样。

在成绩不错的人之中,有些同学只在备考期间临时抱佛脚,考完试以后便把所学习的内容忘到九霄云外了。而那些勉强塞到脑袋里的知识并不能长时间地留存在大脑里,所以有的人尽管考试成绩很出色,真正懂的东西却并不多。

在成绩不错的人之中,还有些同学对于不会出现在考试里的知识漠不关心。他们忙着为应付考试而学习,所以并不怎么读书,也不怎么与同学们交

往。只对考试内容感兴趣,只学考核范围以内的内容,这种人虽然会在眼前的考试中取得好成绩,却并不能长久"好"下去。

　　一些重要的知识点,一些必须要懂的东西并不一定会出现在考试里。只有当一个人懂得去观察每天都路过的巷子里的小花,并对它抱有强烈的求知欲、好奇心的时候,才能获得更多的知识,因为如果一个人对世间万物没有一丝好奇,那么他怎么能有学习的动力呢?

不是任何事情  都能用考试成绩来判断

假设有一位同学，他学习非常刻苦，但是考试这天的凌晨，他突然开始肚子疼，大概是昨天冰激凌吃多了的缘故。早上勉强拖着病体来到学校，可是他浑身乏力、双腿颤抖。考试的时候，肚子疼得难以忍耐，不得不频频跑洗手间。这种情况下，恐怕他很难取得很理想的成绩吧？但是这并不能改变这样一个事实：他有刻苦学习的过程，并且懂得的知识比从前更多。这种情况下，考试成绩的高低并不能真正反映出他对知识掌握情况的好坏、学习水平的高低。

那么还有没有别的情况呢？假设有一位同学，他非常喜欢科学，当他学习科学的时候，连心情都会变得非常愉悦。所以，除了在课堂上学习的内容以外，他还会主动学习课外的科学知识。他读了很多书，也做了很多实验与观察。但是，这次考试出的题目却是他没有学习到的领域，所以就算他的考试成绩不高，并不能改变他擅长科学的事实，也不能改变他在学习科学时愉悦的心情。考试成绩只是一个分数而已，没有必要为分数低而感到灰心。

爱因斯坦曾经是学渣？

爱因斯坦在上学的时候成绩并不出众。

爱因斯坦最喜欢、最擅长的科目是数学。解数学题的时候需要深入思考，而他很喜欢这一点。爱因斯坦能解出比在学校学习的数学题难数倍的题目。他还从叔叔那里借来了几何书籍，自学了几何。

但是，在学校里上数学课的时候，他却总是提出许多与课本无关的问题，因此经常受到责罚。有一位老师甚至因为爱因斯坦而大发脾气，因为他总是提出一些老师根本无法回答的、稀奇古怪的问题，这让老师觉得他给别的同学带来了不良的影响。

时至今日，还有谁会说爱因斯坦数学不好、学习不好呢？他是大家公认的天才科学家。

如果你已经刻苦学习过了，就没有必要因为成绩不好而沮丧。因为你所掌握的知识是跑不掉的，这便是学习的优点：只要是你已经掌握的知识，便会牢牢地扎根在你的脑海里，而不会逃跑，并且会成为你以后学习的基础。

第三章

是因为脑袋太笨了所以学不会吗?

很多小朋友会这样想:
我讨厌背诵!我讨厌上辅导班!
我讨厌做习题!总之我讨厌学习!
但是,背诵、上辅导班、做习题并不一定就是学习。
那么,究竟什么才是学习呢?

身边的故事 怎么办？考试考砸了！

　　周远正走在放学回家的路上，他的好朋友正浩邀请他去自己家里玩电脑游戏，但是他谢绝了正浩的邀请，独自朝家的方向走去。周远看起来垂头丧气，就连背的书包他也觉得比往日沉重许多，这大概是因为书包里的试卷吧！

　　今天老师把批改好的试卷发了下来。虽然他并不期待自己能考得很好，但

也从没有想到自己会出现那么多的错误。在同学们面前，他努力装作若无其事，但是抓着试卷的手却在抖个不停。

由于自己沉迷于电脑游戏，已经让爸爸妈妈对他失望好几次了，所以这次他特别想考好。因此。为了这次考试，他做了很多考前准备。在考试的前一天，他做了习题，也读了课本，没想到结果令人如此失望。

"我分明认真学习了，怎么会这样？考试之前，我明明努力去记了，而且考试题目里也有我背诵的内容，可是怎么全错了呢？"

对于这样的结果，他思来想去，只得到了一个结论："是的，是我脑子太笨了，根本就没长学习的脑子，所以学习才那么差。"

因为担心爸爸妈妈会责备他，他已经很垂头丧气了，这回又意识到自己脑袋笨的事实，更加无精打采了。他不停地用手敲打着自己的头，甚至开始怨恨爸爸妈妈没有遗传给他一个聪明的脑袋。

可是真相果真如此吗？他考试没考好，真的是因为脑袋笨吗？

脑袋  太笨 所以记不住吗？

你有没有发现，有时候当我们好不容易背过一篇文章，没过多久就全都忘光了？记不住真的是因为脑袋笨吗？

脑袋笨所以记不住，这种想法是完全错误的。我们的记忆力其实是很强的。一部深受小朋友喜爱的动画片，不管它的故事情节、出场人物多么复杂，只要小朋友爱看，便能对其情节、人物如数家珍。一些歌手的名字、球员的名字我们也是张嘴就来，甚至就连一些外国球队球员的名字也毫不含糊，不管他们名字是多么难记，我们甚至还能记住球员的战绩、在球场上负责的位置。

为什么会这样呢？这其中隐藏着几个秘密。

第一个秘密是因为我们强烈地希望自己能记住。不管是动画片还是足球，首先我们必须要记住一些基本的东西，才能更愉悦地欣赏，所以我们便很想记住这些内容，即便没有考试，也没有人要求我们，我们依然想要记住。

第二个秘密便是重复。如果我们能像看动画片、球赛那样在学习上投入那么多时间，并且不断重复，那么不管学习的内容有多难，也都能水到渠成地记住。

第三个秘密便是乐趣。愉悦的心情能帮助我们极大提高大脑的活力，而当我们感到悲伤、忧郁、生气的时候，我们的大脑其实并不怎么运转。我们在看动画片、看球赛时所感受到的愉悦能够刺激大脑的活力，换言之这会让我们处于一种很有利的学习状态之中。

这些原理也可以应用于学习当中。强烈的求知欲、不断重复的欲望以及乐趣，可以在我们解决难题时油然而生，让我们增强记忆力。

在位

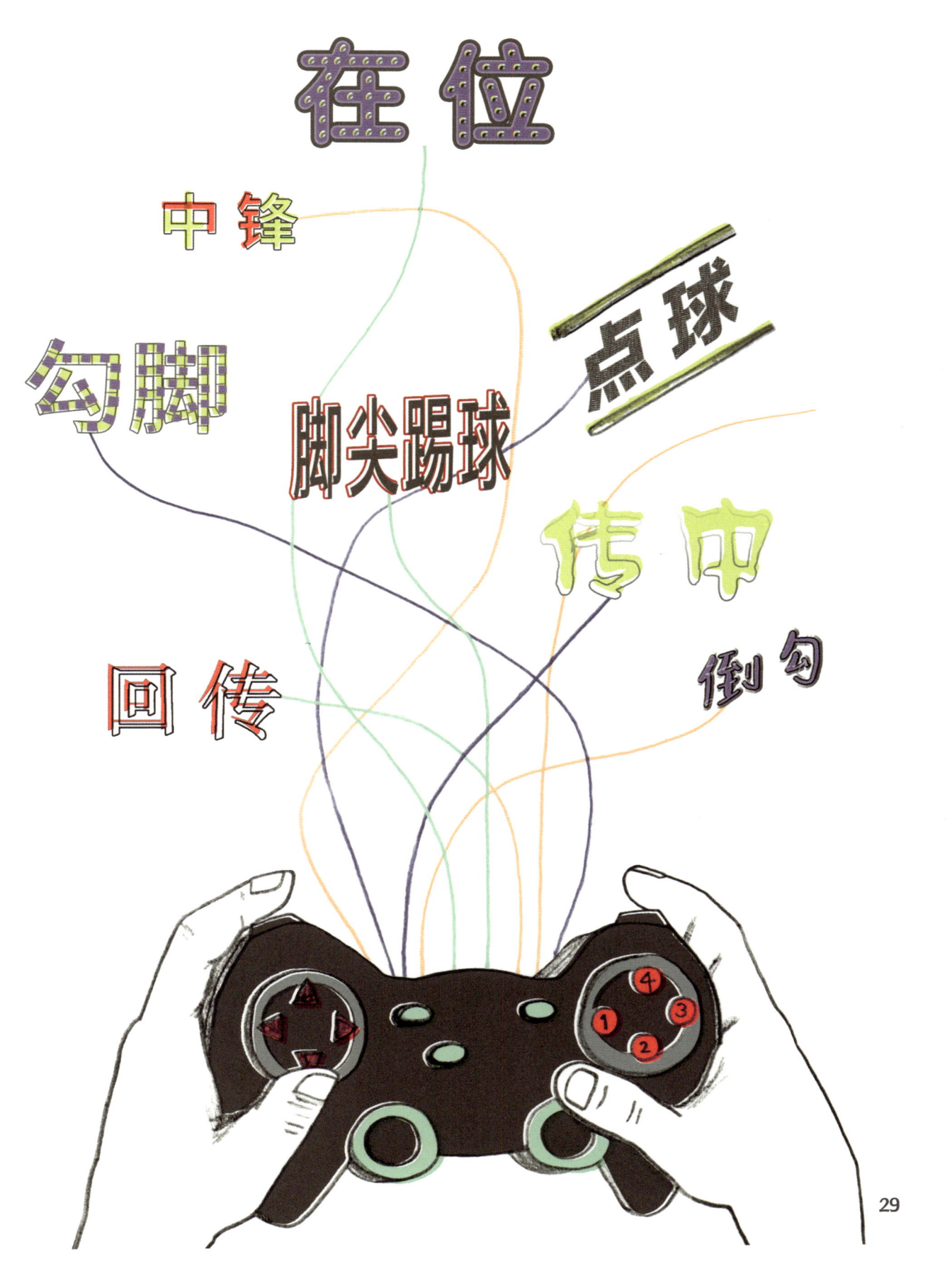

中锋

勾脚　　　脚尖踢球　　　点球

传中

回传　　　　　　　　　倒勾

好奇心的力量

人们可以把牛牵到水边,却不能强迫它喝水。同理,很多事情除非自己愿意,否则别人再怎么强迫也没有用。

学习也是如此。我们可以把一个孩子强拽到书桌前坐下,也可以把书硬塞到他的手里,但是却不能勉强他学习,必须让他自己产生学习的意愿才行。

那么学习的欲望来自哪里呢?它的驱动力是好奇心。

以"社会"这门课为例。韩国的传统房屋形态在每个地区都是不尽相同的。南方地区的房屋呈一字型,中部地区的房屋呈矩尺型,北方地区的房屋呈口字型。如果你死记硬背这个知识点,会很容易混淆。

这时你就可以唤起内在的好奇——打从内心深处想搞清楚每个地区房屋形态各不相同的原因。

通过查阅资料,你就会知道,南方地区夏季炎热难挨,在建造房屋时把房屋一字排开,可以让每个房间都能更好地通风。在房屋外面设置廊檐也是南方地区房屋的特点之一,因为这可以让风刮得更通透。但是北方地区就不一样了,北方地区首先要解决的问题是冬季的严寒,为了抵挡住冬季凛

冽的寒风，房屋的设计便呈现出口字型了。那么中部地区为什么是矩尺型呢？因为中部地区介于南方与北方之间，所以房屋的形态也介乎两者之间。

当了解了来龙去脉，就会发现这个知识点很容易就记住了。即便不能一下子就想起来，只要稍微思考一下其中的缘故，也很快就会得到答案。对于了解清楚的事情，要记忆是很简单的，不必挖空心思去强制记忆，它就会水到渠成地印刻在你的脑海里。

学习就是这样的一个过程：提出疑问，寻根溯源，再提出新的问题。背诵、记忆只是学习的方法之一，掌握好学习要领的人很容易就能掌握住各种知识点。

要想学习好，就必须要做很多习题吗？

学游泳的时候，需要学习游泳的基本动作原理，但最重要的则是长时间的游泳练习。谁都不可能仅凭原理就能熟练地游泳。在不断练习的过程里，我们也会逐渐明白怎样才能游得更好。

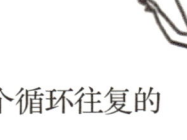

搞清楚原理然后练习，练习之后更透彻地理解原理，经过这个循环往复的过程，我们的游泳技术会渐入佳境。

数学也是如此。在学习数学的过程里，搞清楚原理当然是重要的，但充分的练习同样重要。数学习题可以帮助我们进行很多的数学练习。弄清楚原理，通过解题的方式不断练习，对原理的理解便会更加透彻，这个过程甚至可以带我们走上数学专业之路。

但我们需要铭记的一点是，在我们学习的过程里有很多工具都可以起到辅助的作用，而习题只是其中之一。特别需要强调的是，它只是帮助我们多进行练习的工具之一而已。

学习的时候我们可以获得很多方面的帮助：课堂上老师的讲解、给我们答疑解惑的网络、与我们一道奋战解决难题的同学的互助，等等。

但是仍然有许多人把做习题当作是学习的全部。有的同学明明对知识点才一知半解，可当有人要求他去学习的时候，他只知道打开习题，这时候他当然会感觉有太多题目不会做了，仿佛自己是个白痴，甚至会产生这样的疑虑：我是不是根本就不是学习的料？

学习的方法有许多种，应该根据自己的学习内容、学习风格找到适合自己的方法。对于有些人来说，做习题可能是一种完美的方法，但这种方法可能并不适合别人。对于有些人来说，通过习题进行练习对自己很有帮助，但对于有的人来说，反复演练课本上的例题更有帮助。

所以，请你也认真思考一下，自己究竟适合什么样的方法吧！

睡眠充足才能成绩优秀

人在睡着的时候似乎并没有做任何事情，但其实身体正在进行一项重要的工作：将白天身体、心灵积攒的疲劳一扫而光，为新的一天做准备。只要我们还活着，就必须要睡觉。

曾经有科学家拿老鼠做过实验：只要老鼠一睡着就把它们弄醒，再睡着再弄醒，一点睡眠的时间都不给它们，结果发现这些老鼠渐渐变得特别蠢笨、肥胖。人类也不会有太大的不同。如果睡眠不足，人的大脑就会反应迟钝，很难进行思考，学习效果也大打折扣，并且脾气也会变得暴躁，疲惫不堪，身体的健康状态也会每况愈下，所以我们必须要保持充足的睡眠。

你可能会问：睡那么久的时间，什么时候才能学习呢？睡眠充足之后，一个小时的学习效果可能比睡眠不足时的两个小时甚至三个小时的效果都好。比起坐在书桌前眼睛盯着书本的时间，更重要的是在这段时间里注意力的集中程度。只有保障充足的睡眠，在清醒的时间里才能更富有活力，学习的效率才能更高。

快 乐 听 故 事

天才画家毕加索，其实是刻苦的天才

蜚声画坛的天才画家毕加索为什么能创作出那么优秀的作品呢？大部分人可能以为毕加索那天才般的才华是与生俱来的，但这话其实只对了一半，他是一个"练习狂人"。

据说，毕加索创作的绘画作品少说有三万幅，多则有五万幅。虽然毕加索活了九十多岁，非常长寿，但这个作品数量也是十分惊人的。假如一位画家每天画一张作品，一百年的时间里从不间断，那么他所有的画作加起来也不过三万六千多幅，这一点就算是我们小孩子也可以轻易地计算出来。这就意味着毕加索平均每天都会画一幅以上的作品，可以说他为了画画已拼尽了全力。在画画的时候，他还会反复不停地修改，直到自己满意为止。

你有没有见过芭蕾舞演员姜秀珍的脚部特写？你可能会想，像她那样舞姿如天鹅般优美的芭蕾舞演员，她的脚一定美极了。实际上，由于她每天都要花十几个小时练习，所以她的脚上都是淤青，红一块紫一块，伤痕累累，犹如一节木疙瘩。奥运会花样滑冰金牌得主金妍儿的脚同样如此。

我们经常会感叹于天才的惊人才华，羡慕他们与生俱来的幸运。可实际上我们所以为的天才其实都是刻苦的练习者。

35

第四章

学习真是太棒了！

学习到底有什么好处，
大家才喋喋不休地要求我们学习、再学习呢？
通过学习，我们能更通透地看清楚世间万事，
也能活得更开心、更有趣。
那么，究竟是不是这样呢？

身边的故事 因为体验式学习而备感崩溃的妍雨

刚刚,老师给每位同学分发了一张家长告知书,内容是关于学生们要外出体验学习的。妍雨看到这张告知书以后吃惊得张大了嘴巴:天哪,这次体验学习的地点竟然是水原华城!不是有乐天世界、首尔乐园吗?为什么偏偏要去水原华城呢?这实在太过分了吧!而且这么想的似乎不仅是妍雨一个人,满腹怨言的同学们开始你一言我一语地发起了牢骚。"既然要外出体验学习,去一个好玩的地方不是更合适吗?"

去年儿童节的时候,妍雨已经与爸爸妈妈去过一次水原华城了,可是她觉得又累又无趣。"我肯定不是我爸妈亲生的,而是从外面捡来的,要不然怎么会在儿童节这样的日子里带我到这么无趣的地方折磨我呢?"看来那天妍雨真的是觉得无聊透顶,以至于让她有了这种怨念。

可是老师说的话却很奇怪，她要求同学们在去之前，多多了解有关水原华城的资料。妍雨心想："体验学习竟然去那么无聊的地方，我都要哭了，现在还要我提前做功课？这不是要我的命吗？"

这时老师说道："我知道你们对这次的体验学习并不抱什么期待，但请你们相信我，如果你们提前做好功课再去，一定会非常有意思的，你们甚至还会缠着我要求下次再去呢！"老师还说，懂得越多就会越有趣，学习越多才能活得更有趣。妍雨在心里默默地反驳道："老师，学习跟乐趣这两个小孩根本不可能在一块愉快玩耍的！"

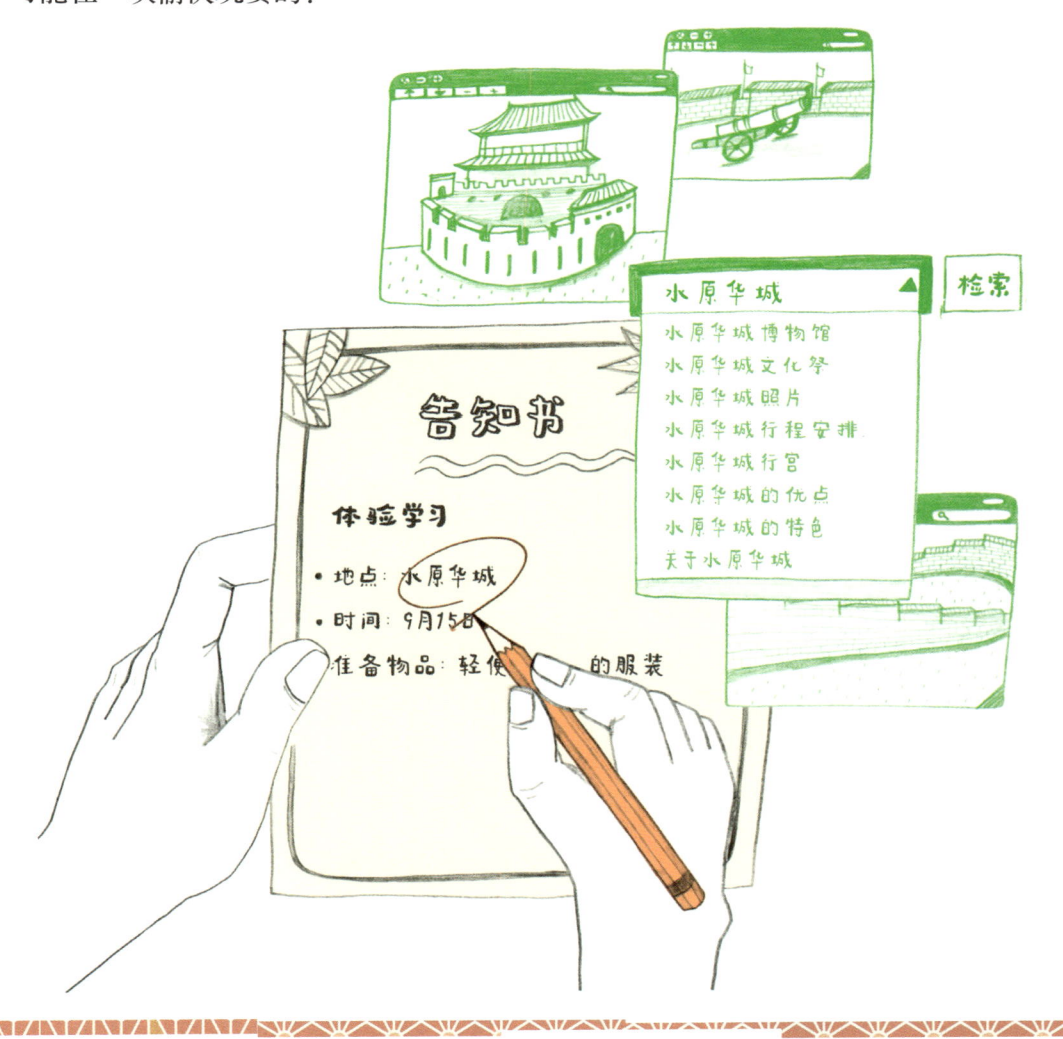

学习让人看得更通透

当我们下功夫去了解了一件事，就能把这件事看得更通透，当我们看得更通透，心情就会更愉悦。我们以景福宫为例，看看是不是这样呢？景福宫地处首尔的繁华地段，位于最里面的建筑叫作交泰殿，交泰殿是谁的居所呢？答案是，它是宫中身份最高贵的女子——王后的住处。

交泰殿的屋顶形态与别处不同。宫廷里其他建筑的屋顶上都有龙形屋脊，但是君主与王后的寝宫上却没有，这是因为君主本身就是龙的象征，君主歇息的地方就不必再另外放置龙的象征物了。同学们知道了这一点，以后再到景福宫的时候，就会仔细观察宫殿的屋顶了吧？然后你会看到哪些宫殿的屋顶上有龙形屋脊，哪些宫殿的屋顶上没有。当你看到有的建筑上没有龙形屋脊，你就会知道，原来这就是君主与王后的寝宫了。当你去深入了解了一件事，就能把这件事看得更透彻明了，就是这个意思。

我们再来认真了解一下交泰殿怎么样？我们去交泰殿的时候，必看的一个景点便是它的后院，因为它的后院里有一座峨眉山。虽然名字里带着"山"字，实际上不过是一个小小的土墩，上面栽满了各种美丽的花草。你能猜想到交泰殿的主人在她的后院里堆起这样一座土墩，并命名为"峨眉山"的时候心里的想法吗？因为王后一辈子只能困守宫廷，不能领略外面的大千世界，所以

景福宫峨眉山

在建造景福宫的时候，人们把挖掘荷塘、建造宫殿时挖出的泥土堆到交泰殿的后院里，做成一座小山，并命名为"峨眉山"。峨眉山原本是中国四川西南的一座名山，海拔达三千余米。

建造的人大约是想聊以排遣王后的寂寞，希望她能够在后院这方小小的天地里体味到外面广阔的世界吧！

当我们下功夫了解了一件事，就能把这件事看得更通透；当我们看得更通透，心情就会更愉悦，然后就会希望了解更多的事情。这一点不仅适用于游览景福宫，世间万事皆是如此。你了解多少事情，你的视野就有多宽广，你的世界就有多广大。所以想要扩大你的世界只有一种办法，那便是学习。

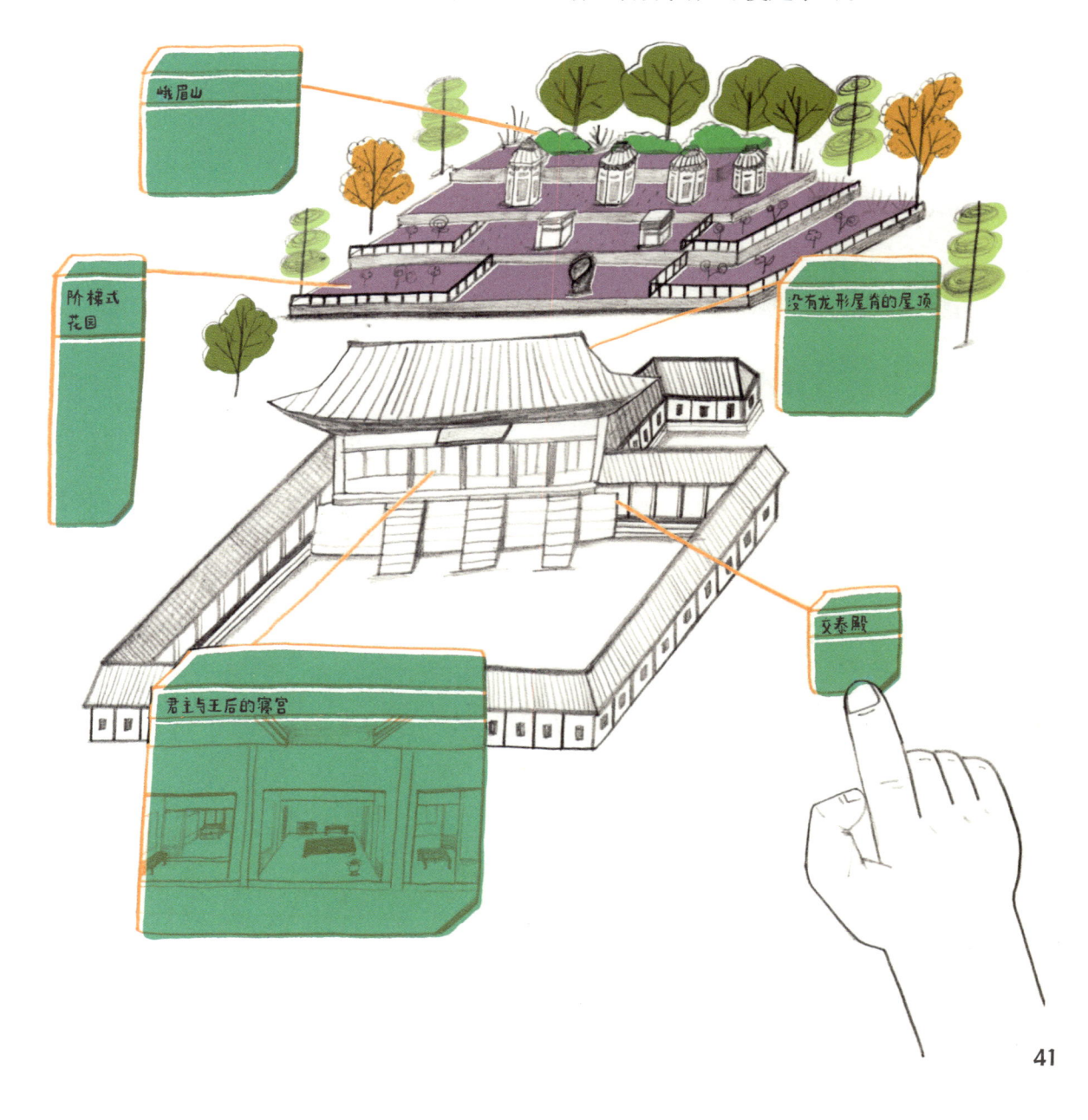

学习 让人生更有趣

通过学习，游乐园也能变得更加有趣。你可能会说，游乐园与学习完全是两码事好不好？果真如此吗？

在游乐园里你最喜欢哪种游乐设施呢？我猜一定是过山车吧？每次乘坐过山车的时候我都非常好奇：我们在坐过山车的时候，会经过轨道的最顶点，这时整个人完全倒了过来，可是为什么过山车不会掉到地上，而是仍然紧紧贴在轨道上面呢？要想弄清楚这个秘密，我们必须要了解一个物理名词：离心力。

你有没有过这种经历：在水杯里装上水，在杯口系上一根长长的带子，然后抓着这根带子开始抡圆圈转动杯子。当水杯到达顶点时，是完全倒置过来的，那么按照常理水杯里面的水一定会洒出来吧？可实际上并不会，这正是因为离心力的作用。所谓"离心力"是指当一种物体做曲线运动的时候，使旋转的物体远离旋转中心的力量。所以在离心力的作用下，水杯里的水一直朝向圆

形的外侧用力，水也就不会洒出来了。

在"点鼠火"的游戏过程中，这一原理同样也在发生作用——在韩国，人们庆祝正月十五时，人们会在罐头瓶里点上火，然后按照上面转水杯方法不停地旋转。同样地，在罐头瓶到达顶点，瓶口完全倒过来的时候，里面的火苗似乎就要掉下来了，但其实并不会，这与水不会洒出来的原理是一样的。

水杯、"点鼠火"、过山车，它们都在旋转，但是水、火苗、过山车都不会掉下来。坐过山车本来就是一件令人高兴的事情，但是弄懂了这个原理以后，你有没有发觉它变得比之前更加有意思了呢？

学习能让人生更有情趣，让本来就有趣的事物更加有趣，让本来枯燥的事情也变得有趣起来，这便是学习的力量。学习可以让你的世界变得更加丰富多彩。

44

学习让人更勇敢

一对父子正在旅行途中，他们的目的并非单纯的旅行，而是因为他们听说，穿越沙漠，就能找到治疗孩子母亲疾病的草药。

虽然他们做好了充分的思想准备，但是旅程比想象的更加艰难。他们的水与干粮都已经耗尽，甚至还迷了路。正在他们惊慌失措的时候，他们发现了一座坟墓。这时儿子哭着对父亲说："父亲，这下我们死定了。这里有一座坟墓，不就意味着有人曾经死在这里吗？我们的结局也可能是这样的，现在我们最好还是马上回家吧！"

可是父亲却摩挲着儿子的背说："孩子，这里有座坟墓，就表示曾经有人把死去的人埋葬在了这里，那么附近就一定会有村庄，我们有救了！"

果真如父亲所言，附近真的有一座村庄。村里的人看到父子俩的困境，竭尽所能地帮助他们。最后，他们终于找到了那种草药，平安返回了家中。

看到坟墓的时候，儿子想到的是死亡，而父亲却看到了生的希望。他们看到的东西相同，得出的结论却截然不同。一个人越有智慧，就越能够克服恐惧，成为一个真正勇敢的人。智慧可以帮助人正确地判断眼前的状况，让我们做出正确的选择。那么智慧是如何产生的呢？学习便是培养智慧的最佳办法。

学习让人更美丽

通过学习，我们便会知道什么才是真正的美丽。笔挺的鼻子，洋娃娃般大大的眼睛，这并非美丽的全部含义。而且为了眼前的美丽而去做整容手术，实在是一种愚不可及的选择。因为学习不仅会让我们看清楚眼前的情况，也能让我们预见遥远的未来。所以，我们会知道，一个人做了整容手术以后，也许可以立刻变得漂亮起来，但是随着时间的流逝，也许会带来非常恶劣的后果，所以我们要明智地做选择。

更为重要的一点在于，一个人学习掌握的内容越多，就越富有魅力，也就是所谓"腹有诗书气自华"。闪烁着智慧光芒的眼睛，吐露深邃思想的嘴巴，平易近人的态度，看透世间情理的力量……当你拥有了这些东西，谁能说你没有魅力呢？

法国有一位著名的设计师曾经这样说过："我曾见过许许多多的模特儿，可是有读书习惯的模特儿职业生涯最持久。"

做模特儿和读书之间会有什么关系呢？原来，书读得越多，思想也就越深刻，而这些都会通过模特儿的神情态度体现出来。如果只是单纯凭借好看的皮囊，并不能长时间受人喜欢，但是当他们的神情中透露出深刻的思想，那么他们就能享受到人们更长时间的青睐。

快乐听故事

学习让人更加懂得世间的道理

在韩国南山的墨积洞住着一个名叫许生的儒生。从年头到年尾，许生每天只知道埋头苦读，当然一分钱也赚不来，所以他的家庭境况非常艰难。许生的妻子替别人家做些针线活，以此艰难地维持生计。终于有一天，许生的妻子实在难以忍受一贫如洗的生活了，于是向许生大发脾气，打发许生出门去赚钱。

听到妻子的埋怨，许生默默地合上了书，他走到街上，向人们打听朝鲜最富有的人是谁，大家不约而同地回答说最富有的人非卞氏莫属。于是许生便来到卞氏的家里，跟卞氏借一万两银子。一般来说，一个素不相识的人，一身寒酸的打扮，开口就要借一万两银子，人们都会断然拒绝，但是卞氏毕竟不是普通的人，他一眼便看出许生身上卓然不群的品质，二话不说就借给了他一万两银子。借到钱以后，许生紧接着就来到安城，做起了水果生意，赚了一大笔钱；接着到济州岛做马鬃的生意，又赚了一大笔钱。最后，他拿出十万两偿还了从卞氏那里借来的一万两银子。

只知道埋头读书的许生怎么能赚到那么一大笔钱呢？秘诀就在于学习。读书破万卷的许生拥有了看透世间一切道理的智慧，也找到了赚钱的秘诀。

第五章

学习的力量真大

我们为什么要学习呢？因为学习拥有惊人的力量。

通过学习，我们可以实现梦想，也可以改变命运。

通过学习，我们还可以看透世间的许多道理，

所以对于别人想都不敢想的事情，我们能手到擒来。

通过学习，我们还可以把别人认为不可能的事情变成可能。

学习真的天下无敌、所向披靡。

身边的故事 **我想赚很多很多的钱**

不知道秀智有什么心事,上课的时候,她一直在不停地叹息。放学以后,老师叫住了她。

老师问:"秀智,有什么忧心的事情吗?我今天听你一直在叹气。"秀智没想到自己表现得这么明显,先是吃了一惊,然后连忙回答说:"没什么,就是家里有点儿小事。"老师说:"我看不像是小事吧?我们漂亮的秀智一整天都在唉声叹气,就连今天晴朗的天气都好像变得乌云密布了呢!"

秀智迟疑了一会儿,然后开口说道:"我妈妈下岗了,因为公司的经营状况不太好,实在没有办法。她最近连觉也睡不好,而我爸爸经营的小店也很艰难。他们因为钱的问题整天忧心忡忡,还经常吵架。""唉,你一定担心坏了吧!但这个问题并不是你担心就能解决的,你得更坚强、乐观地生活,这样爸爸妈妈才能少些担忧呢!"

看着老师温柔的面庞,秀智忽然泪眼蒙眬,她本来不想哭的,但眼泪却不争气地夺眶而出。"老师,我想快快长大去赚钱,赚很多很多的钱,我觉得世界上力量最大的就是钱了。"

老师听完秀智的话,轻轻地抓住了她的手。"秀智,你觉得世界上力量最大的是钱吗?我的想法跟你有所不同。""不是钱,那什么东西力量最大?"

"是不是学习呢?学习这件事真的很厉害。勤奋地学习可以让大脑充满智慧,这比在仓库里堆满金银珠宝更有价值,也能帮我们做好更多的事情。"秀智歪着头说:"什么?学习吗?学习能有多大的力量呢?"

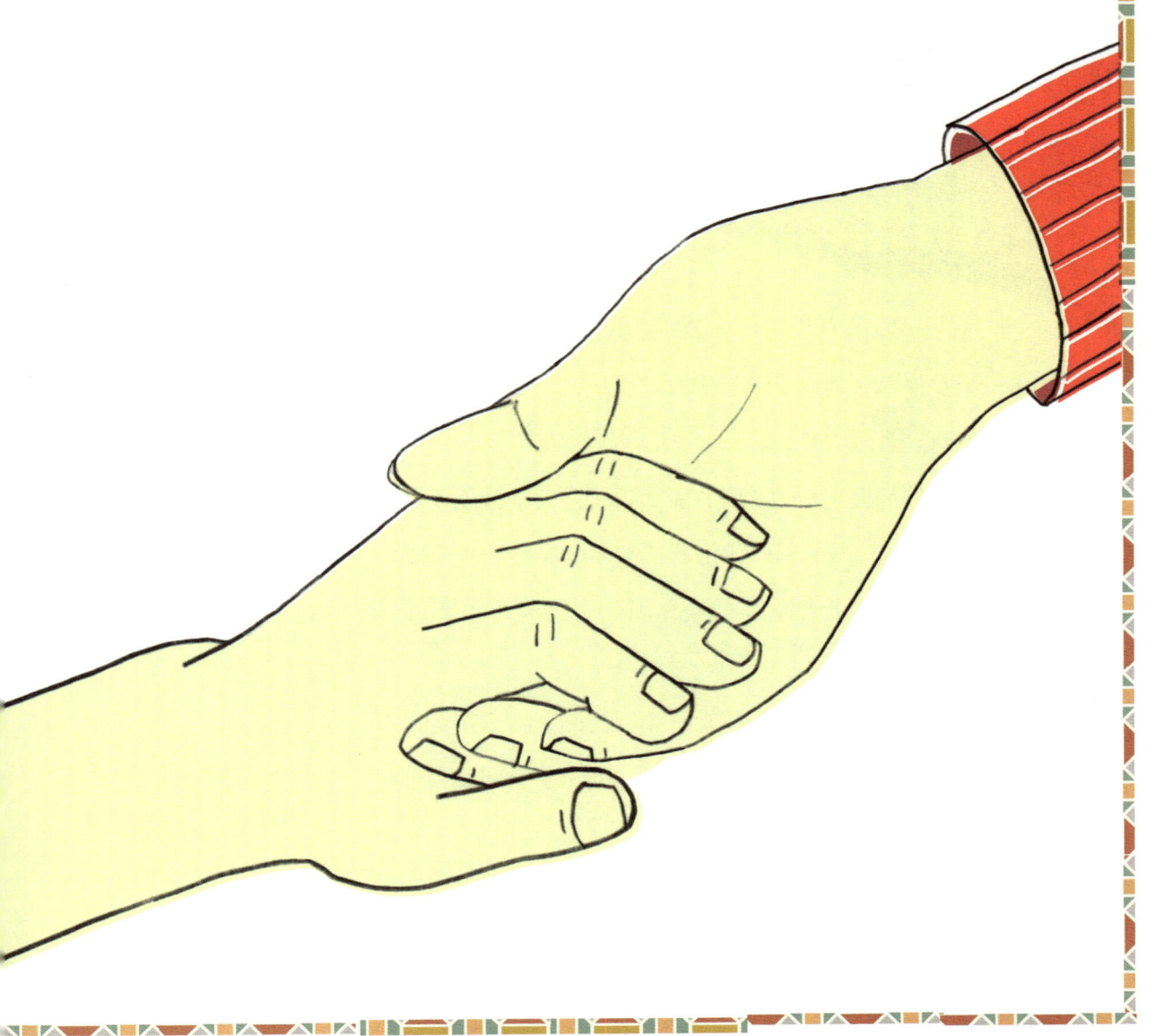

通过学习梦想成真

海因里希·施里曼八岁的时候，爸爸送给了他一份礼物——《写给儿童的世界历史》，这本书里提到了关于特洛伊战争的一些惊人、有趣的故事。

珀琉斯和忒提斯举行婚礼时，唯独忘记了邀请不和女神厄里斯，厄里斯愤愤不平，想出一条诡计：她摘了一个金苹果，在苹果上写下了"献给最美丽的女神"几个字，并将其扔在宴会上。赫拉、雅典娜及阿佛洛狄忒三个女神都认为这个苹果非自己莫属，于是三人带着苹果找到了特洛伊的王子帕里斯，请他做裁决。

三个女神都提出给他奖赏，雅典娜答应给他战无不胜的力量，赫拉承诺给他小亚细亚的统治权，而阿佛洛狄忒则要给他世上最漂亮的女子。

帕里斯最终选择把金苹果交给阿佛洛狄忒，并娶到了世界上最美丽的女子——海伦。

但海伦原本是斯巴达的王后。斯巴达国王对于特洛伊王子夺走自己爱妻一事怀恨在心，最终发动了战争。斯巴达动用了全部武装进攻特洛伊城，但特洛伊城却久攻不下。

这时，斯巴达军队的将领想出了一个绝妙的主意，他们做了一个巨大的木马放在特洛伊城外，然后佯装退兵。特洛伊的人们都以为战争已经结束，他们把木马移到城内，开心地庆祝了一番，然后沉沉地睡去。这时，木马却打开了，斯巴达的士兵从里面鱼贯而出。最终特洛伊彻底灭亡。

海因里希·施里曼彻底被这个故事迷住了，下定决心要找到已灭亡的特洛伊遗址，他翻遍了所有相关的资料。为了阅读这些资料，他甚至学习了十五种外语。到了四十四岁时，他仍然热心蓬勃地学习考古学。终于，八岁时的梦想在五十一岁那年得以实现，这一年他成功地发掘出特洛伊的遗址，而这完全得益于他为梦想而不断学习的劲头。

通过学习改变命运

有一个年轻人,他的名字叫爱德蒙·邓蒂斯,他家境穷苦,但品性善良、正直,受到周围人的喜爱。他的生活是幸福的,作为一名船员,他即将升任船长,并且即将与深爱的女友梅色苔丝结婚。但就在这个时候,他却被嫉妒他的人陷害,以谋逆之罪入狱。

监狱的生活是痛苦的,他蒙受的不白之冤让他整日在绝望中挣扎,这时他在监狱里遇到了法利亚神父。法利亚神父同样也是被人冤枉的,他曾博览群书,所以学识渊博。他熟记背诵了五百多本书,并且凭借这些记忆在监狱里撰写著述。邓蒂斯受到法利亚神父的教导,学习到了许多有用的知识。

法利亚神父后来在监狱里去世了,邓蒂斯便伪装成了他的尸体,成功越狱。他还把法利亚神父交给他的藏宝图藏在了身上,越狱后按照藏宝图的指引成功找到了宝藏,摇身一变成了富甲一方的富翁。并且,他以埋藏宝藏的基度山为名,伪装成了基度山伯爵,开始了他的复仇之路。这便是法国小说家大仲马的著名作品《基度山伯爵》的一部分情节。

邓蒂斯为什么能成功复仇呢?当然,他在基度山岛上找到的宝藏肯定功不可没,有了这笔宝藏,邓蒂斯才能成为了不起的富翁。但是,更大的力量则来源于知识,这是当初他在监狱这种艰难的处境里,仍然不屈不挠、坚持学习的成果。因为就算再富有，如果没有充分的教养，也模仿不出贵族身上的那种气质。邓蒂斯拥有的知识正是他展现良好教养的基础，所以没有人会怀疑基度山伯爵的真实身份。为了复仇，邓蒂斯制定了缜密的计划，而这同样也得益于他所学习到的知识。

如果你想知道邓蒂斯复仇成功的来龙去脉，你可以亲自去阅读一下《基度山伯爵》，这里我就不剧透了，因为我不想毁掉各位同学阅读这本书时的愉悦。

通过 学习 摆脱贫困

在非洲马拉维的一个小山村里，住着一个名叫威廉·坎库温巴的少年。马拉维是一个贫穷的国家，少年所生活的村庄，还有他的家庭也都十分贫困。因为水资源匮乏，庄稼生长得不好。坎库温巴虽然想继续上学，但是看着一家人都在忍饥挨饿，他实在不好意思再伸手要学费，所以只能选择退学。

"就算我没法上学了，我依然可以继续学习。"他带着这样的想法，从总共没有几本书的图书馆里借来书，如饥似渴地阅读着。有一天，他读到了一本名叫《能源利用》的书，了解到了有一种东西叫作风车的东西。在当时，当地语言里连"风车"这个词都没有。坎库温巴便想，如果有了风车，便可以利用风能发电，就可以靠电力让水泵运转起来了。从那一天起，坎库温巴的心里便播下了梦想的种子。

"要是有了风车和水泵，妈妈就可以整年在院子里种西红柿、土豆、卷心菜、芥菜、大豆等农作物，拿到市场上去卖掉，那样我们就能吃上早饭，我也不必被迫退学了。只要有了风车，我们就可以战胜黑暗与饥饿了。"

从此，坎库温巴便开始埋头制作风车，村子里的人都以为他疯了。但他不顾别人的嘲笑，继续不停地学习。他每天都会翻垃圾堆寻找所需的零件，最后真的制作出了风车。

制作出风车，给故乡带来希望的坎库温巴继续走在学习之路上，梦想建设新的非洲。

不是只有学习才有那么大的力量

我们一直在讨论学习是如何重要,学习是一件多么好的事情,但是请不要误会,我的意思绝对不是说学习是世界上最重要的事情,因为比学习更重要的事情太多了,"玩得开心"便是其中之一。对于孩子们来说,与小伙伴们一起到户外跑跑跳跳是最为重要的事情。孩子们必须在户外愉快地玩耍,唯有如此,他们才能从内心深处升腾起欢愉,浑身充满力量。

当和小伙伴一起玩耍的时候,有的孩子就会跟小伙伴们聚在一起打电脑游戏,这并不是在和小伙伴一起玩耍,而是在和电脑一块儿玩耍,小伙伴只是陪在旁边而已。在和小伙伴们一起玩耍的时候,最重要的就是全身心地投入。你要倾听他们的诉说,与他们分享心事,找到一种能让你们彼此都开心的事情,一块开开心心地玩耍。

玩的时候你们的身体应该动起来。不要只动嘴,也要动脑。不要只动手指头,也要动全身。懂得全身心投入,努力、愉快玩的人,别的事情一样也能做好。

把不可能变成可能的库勒苏姆·阿卜杜拉

库勒苏姆·阿卜杜拉特别喜欢举重,在她得知自己取得了参加比赛资格的时候,她开心得差点跳了起来。然而,她的面前却摆着一道她从未想到的难题:她是一名伊斯兰教信徒,也就是穆斯林。

根据伊斯兰教的禁忌,除了对亲近的家人、亲戚以外,女性不可以暴露自己的任何身体部位。

但是在举重比赛里,运动员必须露出胳膊肘与膝盖,这是因为在判定运动员有没有完全举起杠铃的时候,裁判员必须要检查胳膊肘与膝盖是否完全展开。

要坚持信仰,放弃参加举重比赛的资格吗?还是放弃信仰,参加举重比赛呢?对于一般的人来说,只能是二者择其一,并且为自己所放弃的东西而哀痛不已吧?

但是库勒苏姆·阿卜杜拉却不同,她坚信,一定有什么办法,能让她既可以参加举重比赛,也能坚持信仰。所以她开始了学习,经过反复的学习研究,她想到了一个绝妙的主意:外面穿上宽松的半袖T恤,再在里面穿上紧身的长袖T恤,这样就可以不用暴露身体了。最终,举重联合委员会认定,可以不用露出身体也有资格参加举重比赛。库勒苏姆·阿卜杜拉虽然没有拿到冠军,但是她的挑战精神却比金牌更加宝贵。

第六章

学习的方法有很多

提到学习,你的脑海里首先浮现出的,
一定是坐在书桌前看书的情景吧?
但是学习的方法其实有许多种,正如每个人的指纹都不同,
其实每个人都有适合自己的学习方法。
而且学习的内容不同,
学习的方法也会发生变化。

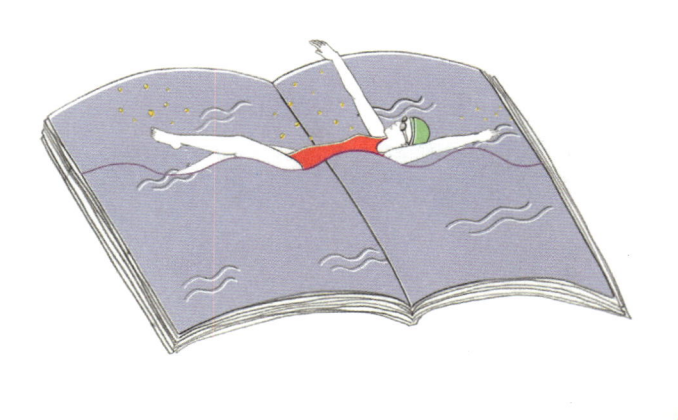

身边的故事　边玩边学的方法

"小姨，你来了！"好久没见小姨了，昌勋雀跃着跑出去迎接她。他特别喜欢小姨，却不能常常见到她，因为小姨经常"离家出走"。

可能有人会想："离家出走？这是什么情况呀？她又不是小孩子了……大人也会离家出走吗？看来她还很不懂事啊！"但其实，她"离家出走"的目的是学习。她是一位考古学家，工作的内容是发掘散落在各地的文物。由于年代久远，这些文物往往已经变成了碎片，看不出原来的样子，小姨的工作便是从地底下挖出这些碎片，推断并恢复它们原本的形态，让它们重新焕发光彩。

每次看到小姨，昌勋就会想："小姨的学习方法真是古怪。"这次见到小姨以后，昌勋开口便问："小姨，你这次挖地，学到了很多知识吗？"听了昌勋的话，小姨忍不住哈哈大笑了起来。"昌勋，你说话怎么那么滑稽！真是太机灵了！""是你之前说过的呀，你说自己会在挖地的过程中学习。""是

62

的，我确实是一边挖地一边学习的，但这有什么奇怪呢？原本学习的方法就是多种多样的呀！"

听了小姨的话，昌勋大吃一惊：学习的方法多种多样？那么有没有一边玩耍一边学习的方法呢？昌勋突然觉得心跳加速，他满心期待地想，如果真的有这种方法，那我肯定是第一名！

于是，昌勋问道："小姨，那有没有边玩边学的方法呢？""那是当然，在路上也可以学习，树林里也能学习，还可以一边做其他的事情一边学习，怎么会没有边玩边学的方法呢？""哇，请你一定要告诉我，边玩边学究竟是怎么做到的。""边玩边学，那可是学习的最高境界，不知道你是否真的能做到。"

什么？边玩边学居然是学习的最高境界？昌勋开始好奇这种最高境界究竟是什么样子的了。

在大自然中学习

1960年，非洲坦桑尼亚的坦噶尼喀湖附近的自然保护区里，来了一个陌生女子。她说自己此行的目的是研究黑猩猩。人们听了她的话，都对她嗤之以鼻："等着瞧吧，肯定坚持不了一周，她就逃之夭夭了！"

但是，事情的发展并不像人们预料的那样。这位研究黑猩猩的女性竟然最终成绩斐然，她就是珍·古道尔。

1934年珍·古道尔出生于英国伦敦。她从小就特别喜欢动物，曾经把蚯蚓放到自己的床上，也曾经为了观察母鸡下蛋的情景而在鸡窝边守了五个小时，以至于家人找不到她差点儿向警察申报人口失踪。古道尔自幼便梦想去非洲旅行，成年以后终于实现了自己的愿望。有一次在肯尼亚旅行的时候，得到了研究黑猩猩的机会。

古道尔在丛林中与黑猩猩共同生活，经过研究，她发现了黑猩猩之前许多不为人知的秘密：黑猩猩喜欢狩猎、吃肉，黑猩猩会把柔软的枝条插到蚂蚁洞里钓蚂蚁吃。尤其是黑猩猩会使用工具的发现给世人带来了极大的冲击，因为在此之前人们一直坚信只有人类才会使用工具。

古道尔把一生都奉献给了研究黑猩猩的工作，现如今她正在从事野生动物的保护工作，忙碌地奔波于世界各地，这是因为地球环境遭到了极大的破坏，黑猩猩等动物失去了栖息地，她为此感到特别痛心。

珍·古道尔通过在丛林里与黑猩猩密切接触的方法进行研究，取得了巨大的成就。有时候，真正的学习成果并不是在图书馆或实验室里完成的，而是在大自然里取得的。

根与芽

"根与芽"是珍·古道尔于1991年创建的全球性环境保护团体，呼吁人们关注并保护动物、环境以及人类自身。无论是小学生还是成年人都有资格成为这一团体的成员。

在路上学习

韩飞野原本是一个普通的工薪族，有一天她突然决定去环球旅行，于是她果断地辞职，踏上了旅程，这一年她三十五岁，而这场旅行一直持续了七年。

韩飞野曾经去过很多人迹罕至的村庄，与当地的村民同吃同住，也与许多在路上结识的陌生人成了朋友。当然，在旅行的过程里，她的生命也曾屡屡受到威胁，但是在路上结识的朋友却温暖地接纳了她。

韩飞野说："在旅行途中，我去过许多偏僻的地方，我从那里的人身上学到了许多东西，以此为契机，我的生活也发生了翻天覆地的变化。"

那么旅行结束以后,韩飞野的生活发生了哪些变化呢?原来,在旅途中,她遇到了许多因战争或灾害而身处困境的人们,她的内心深受触动,产生了帮助他们的想法,所以她加入了紧急救援队,做了很长时间的急救工作。

这样一个喜欢在世界各地旅行、热心公益事业的人,身上还有一个惊人的秘密:她特别喜欢读书,是一个不折不扣的"书虫"。她还特别喜欢学习,称之为"学习狂"也毫不过分。在急救队里做事的时候,她觉得自己特别需要说中文,便特意到中国生活了一年,专门学习中文。

韩飞野不满足于读万卷书,更要行万里路,通过亲身的经历学习到了各种各样的知识。所以说,有时候人们也会在路上学习。

学习各种各样的知识

在韩国，人们常说"挖井要挖出一口井"，因为人们往往认为，目标坚定，且不断朝着这个目标奋进，不三心二意，坚持下去，才最有可能成功。然而，这句话并不总是正确的。那些"三心二意"，对许多事情都感兴趣的人，或许会打开新世界的大门，取得别人无法企及的成就。

丁若镛是李氏朝鲜时代的一位伟大的学者。他勤奋读书，笔耕不辍。他的著作有《牧民心书》《经世遗表》《钦钦新书》《麻科会通》《我邦疆域考》等，被称为李氏朝鲜时代首屈一指的学者。

有一件趣事发生在丁若镛告老还乡之后。有一次，他收到了儿子寄来的一封信，信中说他想养鸡。丁若镛给儿子的回信中说："听说你要养鸡，你要认真读一些农耕方面的书籍，实验一下适宜的方法。可以根据羽毛的颜色区别不同的鸡，也可以改变一下鸡笼的样式，让鸡更肥硕，鸡毛更加油亮，比别人家养的鸡繁殖得更好。……既然要养鸡，摘抄一下各种关于鸡的文章，或者编纂一本关于养鸡的书也可以。"

养鸡也能让人学习，这种观点是不是十分有趣呢？在丁若镛生活的时代，"万般皆下品，唯有读书高"，而这里的读书是指学习儒家经典。在那样的时代里，丁若镛却坚持认真研究在生活中遇到的许多问题，不断地探索答案，并开拓出了新的世界。

请你想象一下，擅长文学的科学家、会跳舞的哲学家、会表演喜剧的医生……比起那些只会"挖一口井"的人，这样的人生活必定会有与众不同的精彩吧？

享受学习

学习的最高段位者是什么样的呢？我想一定是享受学习的人吧！"天才战胜不了刻苦学习的人，刻苦学习的人战胜不了享受学习的人。"

对于伟大的物理学家理查德·费曼来说，学习就是他的乐趣，他尤其喜欢物理与数学。开车的时候、躺在床上的时候、吃饭的时候，他都在思考物理与数学问题。

"物理是我唯一的兴趣，这既是我的工作，也是我的娱乐。你看一下我的笔记就会知道，不管是睡着还是醒着，我都在思考物理题。"

这段话就是费曼所说，听完他的心迹剖白，我们一下子就能明白他为什么会成为如此伟大的物理学家了。物理既然是他唯一的兴趣与娱乐，有谁能拦得住他研究物理呢？所以这种人擅长学习，肯定是理所当然的了吧。

但是这里面暗含着一个不容忽视的重要的秘密：不管做什么事情，我们都不可能以一种享受的心情开始。刻苦学习的人战胜不了享受学习的人，但是不刻苦学习却进化不到享受学习这一阶段。所以，想要享受学习，我们首先要刻苦学习。

三人行必有我师

　　《东医宝鉴》是李氏朝鲜时代的一本医学书籍，据传作者为医生许浚。在医学高度发达的今天，其价值依然值得肯定。

　　许浚是一位擅长学习的医生，曾经医治好许多患者。他的学习方法并非是端坐在桌前，而是不辞劳苦走上街头，治疗那些受到疾病折磨的患者。随着不计其数的患者在他的帮助下恢复健康，他的医术也日益精湛。

　　许浚并不会因为自己是位高权重的御医而自命不凡，他会认真倾听平民百姓的医学知识。当时朝鲜民间有许多世代相传的治疗方法，许浚从来不会看不起这些方法，他会反复实践从老百姓身上学来的治疗方法，让自己的医术渐臻佳境。

　　许浚对学习的热忱令人感佩，然而更令人动容的是，他躬亲实践、不耻下问的态度。学习的程度往往就是在不耻下问这个过程中钻之弥深的。

第七章

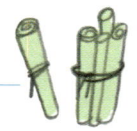

打开精彩人生之门的钥匙——学习

有的工作乍一看似乎与学习没有什么关系，
比如厨师、演员、游戏程序开发员……
如果将来想要从事这些工作的话，还需要学习吗？
不管你将来选择什么职业，选择怎样生活，
学习总是能引导我们走向更加精彩的生活。

身边的故事 我长大了想做厨师

　　京华喜欢烹饪，每次妈妈因为下班晚回家而来不及给她做饭的时候，她也绝对不会凑合着吃一顿面包打发自己，而一定会自己下厨。虽然妈妈因为经常不能按时给她做饭而觉得愧疚，但京华反而觉得很开心，昨天她自己甚至做成了鸡蛋卷。

　　京华的理想是做厨师，但这件事情她一直对妈妈守口如瓶，因为她总觉得妈妈可能不会支持自己的理想，所以就一直没有告诉妈妈。

　　今天在妈妈做饭的时候，京华一如往常地给妈妈打下手。正在做凉拌菜的妈妈突然开口说："京华，看来你是真的喜欢做饭，要是在学习上你也这么上心就好了！"

　　京华说："妈妈，我长大了要当厨师，这样的话我就不用非得学习不可了吧？""嗯？是谁告诉你当厨师就不用学习了？""也不是完全不用学习了，厨师只要会做饭就好了，所以只要学好烹饪方面的知识不就行了吗？""真的是这样吗？实际上并不是成为厨师以后，烹饪就是你全部的生活了。想要成为一名出色的厨师，首先要学习多方面的知识。除此以外，生活里你还要享受其他事情带来的愉悦，所以你肯定也要学习其他方面的知识。难道不是吗？你还可以像杰米·奥利弗那样做一个烹饪界的明星主厨，而不是把自己闭锁在厨房里。"

75

烹饪界的明星主厨——杰米·奥利弗

英国学校里提供的饭菜一直臭名昭著,因为他们提供的往往都是冷冻食品、速食等对健康没有益处的食物。厨师杰米·奥利弗希望孩子们能够吃上有益于健康的、新鲜美味的食物。

所以他便来到学校,亲自给孩子们下厨做饭,但是孩子们的反应如何呢?第一天,他所做的那些饭菜基本上都被直接倒进了垃圾桶,孩子们还向他示威,要求他给他们做鸡块、香肠等食物,还有的孩子甚至把吃进去的食物又重新吐了出来。

杰米没有灰心,而是继续钻研,他还在孩子们面前示范了鸡块是怎么做成的,材料有鸡皮、鸡肉的下脚料、大量的化学调味剂,做的时候在鸡肉上裹上一层脂肪。他这样做的目的是告诉孩子们:"你们看,你们吃的鸡块完全是垃

圾食品。"他还和孩子们一起，让孩子们亲自动手用新鲜的蔬菜进行烹饪。杰米的努力终于有了回报，孩子们开始喜欢吃这些有益于健康的食物，身体情况好转，甚至连学习成绩都得到了提高。很多英国市民看到了这一结果以后纷纷要求改变学校的供餐，最终这一要求也得到了满足。

怎么样？杰米是不是很棒？人们原本以为厨师就只是待在厨房里，但是杰米的世界就这样扩大了，他用烹饪的力量改变了世界，让世界变得更加美好。

这完全得益于杰米·奥利弗是一个学习型的厨师。

搬来水与希望的发明家——汉斯·亨德里克斯

非洲有许多饮用水极度匮乏的地方。随着环境的破坏，沙漠化的地方越来越多，饮用水不足的地方也大幅增加。对于生活在这些地方的人们来说，取水是一件非常重要的事情。

运水的时候人们要走很远很远的路，水很沉，路很远，太阳很炽热，身体也会渐渐吃不消。而这样辛苦的事情他们需要经年累月地每天重复，即便是小孩子也不例外，他们同样需要到很远的地方去取水。

汉斯·亨德里克斯对此感到非常心痛，怎样才能让人们更容易地把水运到家中呢？为了找到更好的办法，他做了大量的研究，最后发明出了一种特别棒的工具：Q桶。Q桶是一种塑料桶，形状类似于甜甜圈，中间是空的。人们在运水的时候，可以从桶中空的地方拴一根绳子，这样桶看起来是不是特别像英语的大写字母Q呢？这就是它被称为Q桶的原因。

在Q桶里装满水，然后用绳子往前拉桶，这时候水桶就会像车轮一样转动起来，不用费很大的力气就能够运送

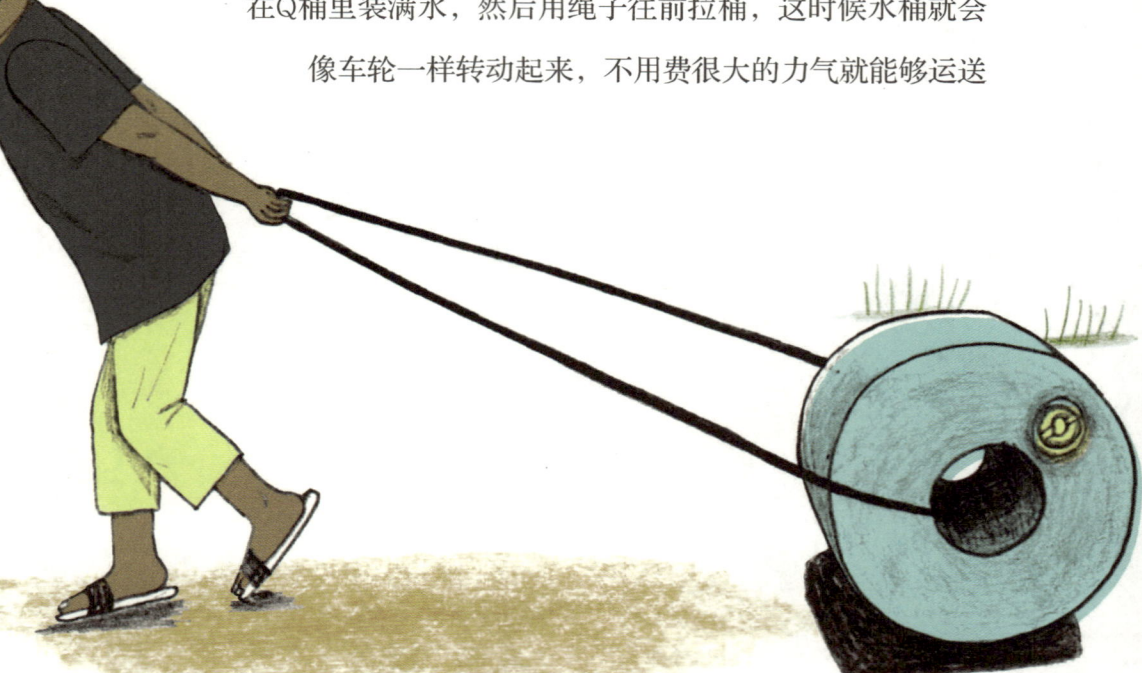

很多的水，就算是身形矮小的小孩子也能一次性地搬运七十五升水。Q桶的另一个优点是它的造价低廉，所以家境贫穷的人购买时也没有什么过重的负担。

汉斯·亨德里克斯的学习研究给非洲的许多人带来了巨大的帮助。其中最棒的一点是，原本许多小孩子每天因为需要运水而无法上学，现在他们都可以节省下时间去上学了。他给非洲的儿童同时带去了水与希望。刻苦学习，然后去帮助那些处境比自己还要艰难的人，还有比这更幸福的事情吗？

治愈韩国的医生——公炳禹

从前有一位体弱多病的少年，他下定决心长大以后一定要成为一名医生，治愈许许多多的患者。

这个少年长大以后果真成了一名医生，他学习非常刻苦，别人要四年才能拿到的医学博士学位，他只花了两年就拿到了。毕业以后他也没有懈怠，1938年他成立了一家眼科医院，这是第一家由朝鲜人自己开设的眼科医院，并且成功做了第一例眼科手术。他的医术特别精湛。这个人就是公炳禹。

从日本殖民统治下独立以后，他的事业更加成功，是首尔市排行第四的缴税大户，但是他自己的日子却依然过得清贫节俭，房间里没有取暖设备，也没有空调，甚至每顿食用地瓜果腹。在这样的环境里，他却继续在做研究。那么究竟是什么研究让他如此废寝忘食呢？

什么是技能捐赠？

技能捐赠是一种新型的捐赠方式，是指利用自己的技能服务于社会。各种职业都可以参与到这种捐赠里来，不仅医生、律师、会计等高学历的专业技能人士可以参与，发型设计师、画家、配音演员等各种职业人士也都可以参与其中。

原来他正在从事的是关于朝鲜文的研究。李氏朝鲜沦为日本的殖民地以后，曾经一度丢失了自己民族的文字，他下定决心重新找回朝鲜文，让人们更好地用好它，所以他每天都沉浸在朝鲜文的研究里，最终发明出朝鲜文打字机。这种打字机很好地适应了朝鲜文的特点与长处，至今仍然得到人们很高的评价。

公炳禹博士还特别关注盲人，他热忱地为盲人开展了许多公益活动。他在首尔创办了一所盲童学校，还为盲人开发出了一种盲文打字机。同时，他还创办流动医院，在全国各地巡回义诊。

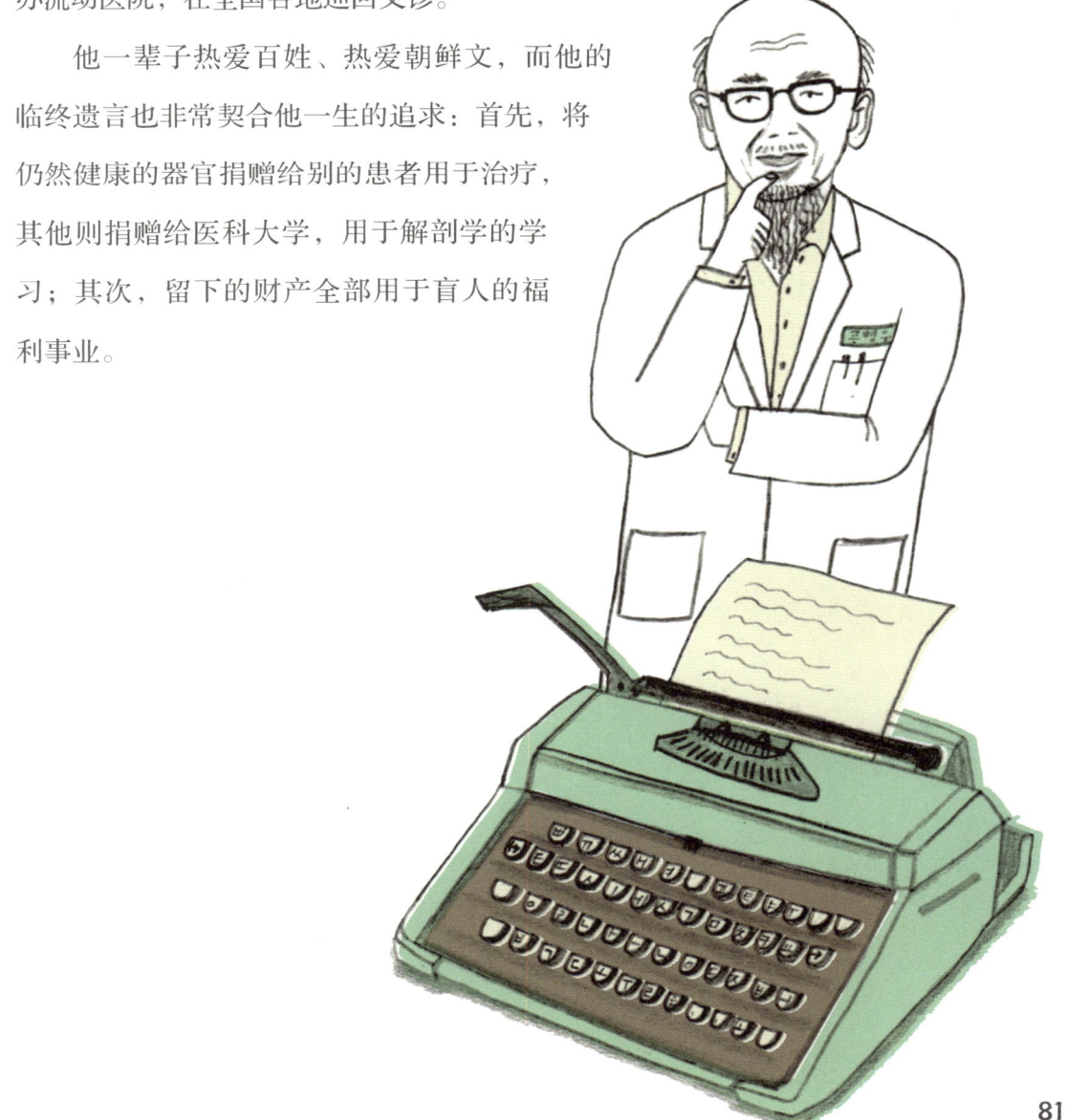

他一辈子热爱百姓、热爱朝鲜文，而他的临终遗言也非常契合他一生的追求：首先，将仍然健康的器官捐赠给别的患者用于治疗，其他则捐赠给医科大学，用于解剖学的学习；其次，留下的财产全部用于盲人的福利事业。

让学习成为幸福生活的源泉吧！

如果一位科学家只懂得科学，那么他便很难在科学方面取得巨大的成就，同时作为一个人，他也很难享受到幸福的生活。科学家的确应该懂科学，但他也必须要懂得自己所生活的这个世界，以及自己所遇见的人。因为科学家同时也是普通的市民，也是某些人的家人、某些人的邻居。

不管你的梦想是什么，不管你做的是什么工作，现在你学习到的东西会成为你一辈子的力量源泉。当你奔向梦想的时候，学习可以成为一座桥，当你遇到难题的时候，学习便是解决难题的魔法钥匙。

我想，每个小朋友将来都不想成为那种任人支使、勉强糊口的人吧！我们每个人都希望自己将来能做一些有意义的事情，能成为举足轻重的人物，变得更加幸福。要想实现这些目标，我们必须多方涉猎，这也是为了我们将来能为社会多做出一点贡献，让这个世界变得更加美好一点，哪怕这些贡献再微不足道。在努力的过程中，我们自己也会变得更加幸福。

你希望别人如何铭记你的名字？

你知道诺贝尔奖吗？诺贝尔奖是全球最权威的奖项之一，是由炸药的发明者诺贝尔设立的，为此他立下遗嘱捐出了大部分的遗产。

那么，诺贝尔为什么设立这样一个奖项呢？众所周知，诺贝尔是一位成功的科学家和发明家。他发明出了新型炸药，并成功地将其商业化，赚了一大笔钱。

这件事情发生在1888年。诺贝尔的兄弟去世了，但是报社却刊登出了错误的讣告。诺贝尔由此有了一段奇怪的经历：有生之年他读到了自己的讣告。而问题也正出在这则讣告上："贩卖死亡的商人，炸药之王，阿尔弗雷德·诺贝尔与世长辞。"

诺贝尔受到了极大的冲击，原来世人将这么铭记自己，贩卖死亡的商人、炸药之王！他瞬间明白了，他虽然是一个成功的科学家与企业家，但这并非真正意义上的成功。

所以诺贝尔拿出大部分的遗产设立了这一奖项，奖励那些为人类做出突出贡献的人，因为他希望人们用另一种方式记住自己。诺贝尔的愿望实现了，我们在铭记那些为人类做出贡献的人们的同时，也记住了诺贝尔的名字。